I0686412

FABLIAUX

POLITIQUES ET MORAUX.

Première Série.

ou pag. 1 — 49.

PRIX : 75 CENTIMES.

AU PUY.

—JUILLET 1841.—

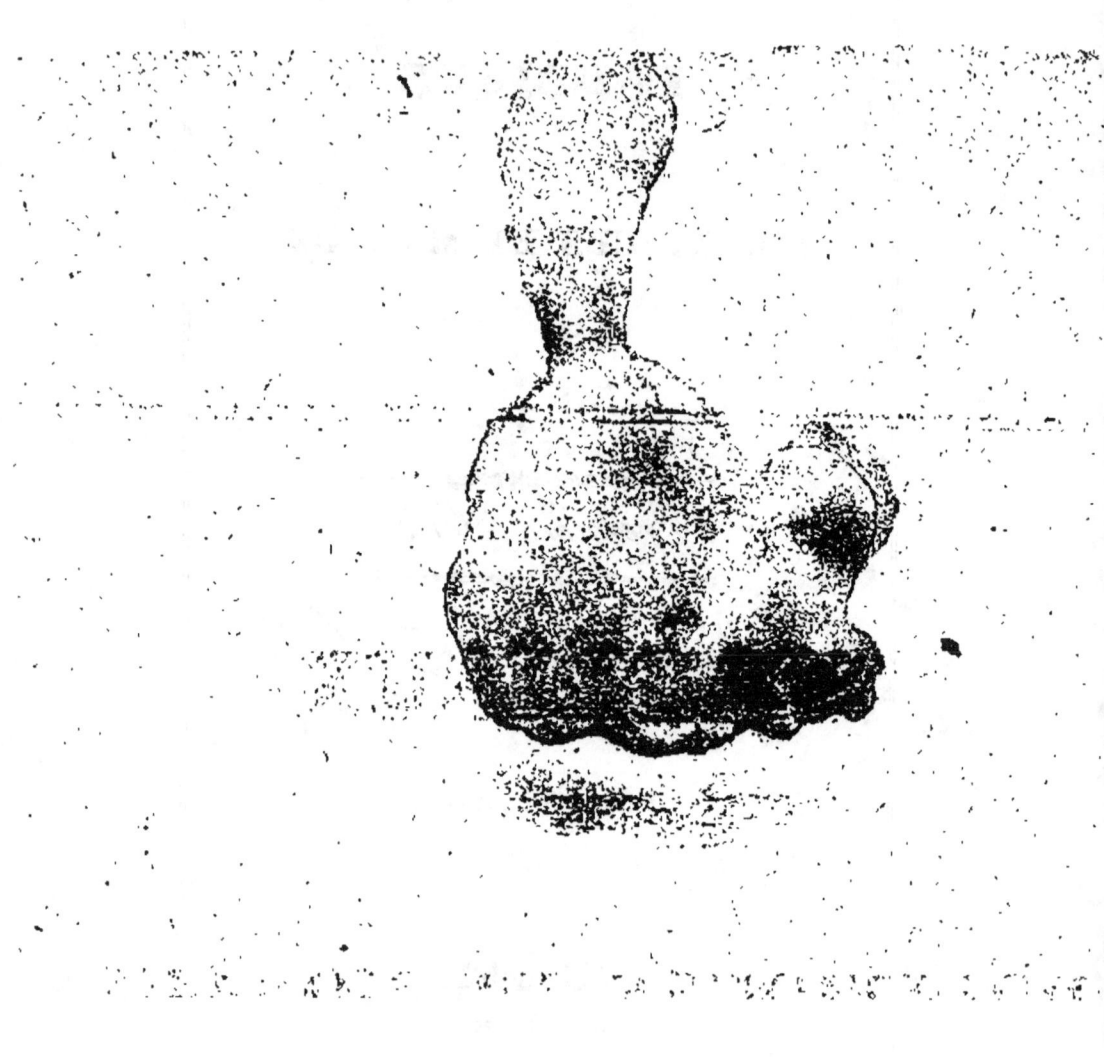

FABLIAUX

· POLITIQUES ET MORAUX ,

OU ÉTUDES CRITIQUES SUR QUELQUES TRAVERS DE LA
SOCIÉTÉ FRANÇAISE, EN GÉNÉRAL, ET DE CELLE
DU PUY, EN PARTICULIER.

AVEC LA PERMISSION DU BON LAFONTAINE.

PAR J. B. AUDIARD.

Volez, volez, volez, frippons, n'ayez pas peur;
La justice punit, quand on crie au voleur.
Coutume de Normandie, liv. II. chap. V.

Première Série.

Se vend chez l'Imprimeur.

AU PUY,

IMP. DE F.-M. CLET, RUE DES MOURGUES.
1841

A MM..... LAMENNAIS,
ESQUIROS,
LAGRANGE,
THORÉ,
BERGERON,
CONSTANT.

FABLIAU I.

~~~~~~~

LE POUVOIR D'UN FRIPPON.

PAUVRES PLAIDEURS, PRENEZ PATIENCE.

LES ANIMAUX MALADES DE LA PESTE.
LA FONTAINE, LIV. VII. FAB. I.

UN chroniqueur du moyen âge,
Que la Fontaine a copié,
Dans un ouvrage très-sensé
    A tenu ce langage :

    Un mal qui répand la terreur,
    Mal que l'enfer en sa fureur
A vomi, pour bannir la vertu de la terre,
La faveur, puisqu'il faut l'appeler par son nom,
Qui sait faire honorer l'homme le plus frippon,

Déclare à ce pays la guerre.

C'est notre lot, chacun a le sien ici-bas ;

Écoute, bon lecteur, écoute et ris tout bas :

Je te narre en premier la très-piquante histoire

De Jean Roide-jarret, barbouilleur de grimoire,

Du prévôt Ballaureins, de l'avocat Lobbet,

Ensuite les malheurs de Guillaume Barbet.

Tu sauras qu'un beau jour (j'en garde la mémoire)

Le prévôt Ballaureins, étant en consistoire

Avec ses assesseurs, leur dit : « mes chers amis,

  « Je crois que le ciel a permis

  « Pour mes péchés une infortune

  « Qui pourrait vous être commune : »

-Laquelle, Monseigneur ?- « Le peuple intelligent

« A remarqué, je crois, que d'un poids indulgent

« Nous pesions les méfaits des maîtres en chicane ;

« Puis le voilà gueulant, et sa langue profane

« Attaque le prévôt. N'allez pas oublier

« Que mon ambition est de voir publier

« Mon nom dans un des coins de l'almanach de France ;

« Etre grand Conseiller, voilà mon espérance.

  « Mais.—Bah ! Rassurez-vous, Seigneur,

  Interrompit un assesseur :

« Ne les flattons donc point ; voyons sans indulgence

« Les replis de leur conscience.

« Primo : Roide-jarret, *grappin numéro un*,

« Qui plume adroitement le plaideur opportun,

« Qui porte sans remords les dépôts en recette,

« Assigne un créancier en paiement de dette,

« Et de tromper en tout se fait presque un devoir. »

Le prévôt tousse, crache et de tout son pouvoir

Crie au brave assesseur : « Un peu de retenue!

« Nous le savons, messire ; oui sa vie est connue ;

« Mais il tient au pouvoir ; j'espère tout de lui ;

« Redoutons-le, messieurs, il sera notre appui.

« Je veux en ce moment lui tenir lieu de père ;

« Je veux le protéger contre votre colère,

« Au point que je me suis presque laissé tenter

« De l'admirer.

« C'est un tort, j'en conviens; s'il le faut pour vous plaire,

« S'il doit être puni, je vous laisserai faire.

» Pourtant....—Oh dit Lohbet, vous êtes par trop bon !

« Vos scrupules font voir trop de délicatesse ;

« Et bien ! gruger manans, canaille, sotte espèce,

« Est-ce un péché ? Non non,

« Je n'y vois que prouesse,

« C'est leur faire, Seigneur,

« En les ruinant beaucoup d'honneur.

« Quand à Roide-Jarret, avec vous j'ose dire

« Que nous le garderons des maux

« Dont le carcan ne serait pas le pire,

« En louant ses vertus et cachant les défauts.

« Vous savez messeigneurs, combien il est habile ;

« Et... — Ce serait un peu trop difficile,

Répliqua l'assesseur, d'ailleurs, je suis honteux

« En songeant qu'on nous dit de redouter un gueux

« Digne de nos mépris.

« Faut-il que la judicature

« S'abaisse, à l'alliance impure

« De l'opprobre de son pays. »

Depuis cinq ans Barbet demandait audience ;

On l'introduit enfin : « Avez-vous souvenance,

« Dit-il au tribunal, des quelques mille francs

« Que ce Roide-jarret m'a volés en deux temps ?

« C'était tout mon avoir : je demande justice. »

« Bien ! bien ! dit le prévôt, le temps n'est pas propice.

« Revenez dans sept ans. » —Mais j'ai faim, Monseigneur.

—Tant pis.—Mais c'est un droit.—Dehors le raisonneur,

Dit l'huissier Coquelet— Il doit payer l'amende,

Dit messire Lobbet.— Il faut donc que j'attende

La mort, pleura Barbet. Le greffier Double-main

Couche le jugement, se moque du chagrin

Du bon plaideur Barbet, puis la Cour se retire.

Lecteur, je t'ai trompé, pleurons au lieu de rire.

FABLIAU II.

wwwww

JE POSE ZÉRO ET RETIENS TOUT.

Le RENARD ET LE BOUC.
La FONTAINE, LIV. III. FAB. V.

MESSIRE Jean *Grappin* tenait sous sa régie
Louis-Blaise *Echeveau* des plus embarrassés,
Vieux plaideur, n'y voyant pas plus loin que son nez;
L'autre était passé maître en fait de tromperie.
Blaise long-temps gémit et joua de malheur.
De puis plus de six ans le rusé procureur
Incidentait, tournait, tortillait son affaire,
Requérait, concluait, remuait ciel et terre,
Mais ne finissait rien. Maintes fois Echeveau
Prenait sur son bidet le chemin de la ville,
Apportait des chapons et chaque fruit nouveau
Que produisait la terre, espoir de sa famille,

Et cause du procès. Il le gagna, dit-on,

Et fut, de par la loi, seul vrai maître et colon

Du modeste héritage.

Grappin était content, admirait son ouvrage,....

Le procès gagné?... Non,.. Mais l'énorme rouleau

De ses conclusions. « Mon aimable Echeveau,

Dit-il à son client, « ce n'est pas tout de faire

« Des procès ; mon compère,

« Il faudra bien un peu s'occuper des dépens.

« Le tribunal a cru que vous étiez parens

« Le demandeur et toi : voilà pourquoi la masse

« Vous regarde chacun par moitié. » — Mais Grappin,

Monsieur Grappin, pourtant.—Que veux-tu que j'y fasse.

—J'ai gagné mon procès.—Je le sais certes bien ;

On ne peut revenir ; droit de chose jugée.

C'est un bien grand bonheur qu'elle soit partagée

Cette masse, autrement le pauvre demandeur

Aurait été ruiné.—Voyons parlez, monsieur,

Votre compte —Echeveau, bonne est ta clientelle,

Et j'y tiens —Bien merci.—C'est une bagatelle ;

Trois mille cinq cents francs ; la taxe ,.... le tarif

Tout pur.—Comment! Monsieur, vous me rendez poussif:

Mon bien vaut moins que ça.—Je le prends en à compte ;

Surtout à me solder que ta bourse soit prompte.

FABLIAU III.

~~~~~~~

L'ÉNERGUMÈNE.

A Mᴿ C. B. AVOCAT.

LE LION ET LE MOUCHERON,
LA FONTAINE, LIV. II. FAB. IX.

QUELQU'UN médit d'un procureur
Et même l'appela voleur.
L'autre aussitôt cite en justice
Le coupable et certain complice.
L'avocat du plaignant se démanche le corps
Et se démanche l'âme,
Singe le télégraphe, et redouble d'efforts
A chaque mot qu'il crache.— Abominable ! Infâme !
Noir comme le charbon ! Guet-à-pens ! Trahison !
Bassesse ! Turpitude ! Horreur !... Bref, notre homme

Court après la raison,
Rugit, écume, enrage et devient polychrome.
Le prévenu triomphe et rit de voir
Qu'il n'est mot, ni penser en la bête irritée
Qui de la mettre en eau ne fasse son devoir.
La rage alors se trouve à son faîte montée ;
L'avocat éreinté se tient déjà les flancs,
Bat l'air, qui n'en peut mais, et sa fureur extrême
Le fatigue, l'abat ; le voilà sur les dents.
L'avocat défendeur, plus maître de lui-même,
Aborde la question, (l'autre n'avait dit mot
Sur le *hic* du procès) et sa diction pure,
Sans éclat, sans emphase, analyse tout haut
Certaine histoire en ses détails impure....
L'assistance frémit,
L'accusateur rougit,
Pâlit, tremble et voudrait être à cent pieds sous terre;
Le tribunal prononce. . . . .
. . . .
. . . .

FABLIAU IV.

~~~~~~

LA DERNIÈRE RESSOURCE.

AUX COMMANDITAIRES.

> LA GRENOUILLE QUI VEUT SE FAIRE
> AUSSI GROSSE QUE LE BŒUF.
> LA FONTAINE, LIV. I. FABLE III.

QUICONQUE est né frippon, est né rempli d'esprit
    Et de crédit.
Monventre un jour, après dîner, sentit son âme
D'abord s'épanouir, puis brûler de la flamme
    Qui brûle tout ambitieux.
    L'histoire dit que sur sa route
Il croisa le Préfet. Lors, la tête en déroute,
Il se rengorge et dit : « Malgré les envieux,
« Je puis être préfet. » Aussitôt il travaille

<div align="right">*</div>

Pour arriver à la hauteur

Du susdit magistrat. Son courage n'est pas de taille,

Et trahit l'espoir de son cœur.

—Je pourrais être Conseiller...Essayons....Mais.. Bernique!

—Désespoir! J'aimerai bientôt la république,

Si ça dure...Un instant...Je serai Percepteur...

Pas tout-à- fait. — J'enrage.... Ma fureur

Est à son apogée,

Et ma raison est renversée.

J'ai la fièvre.... O ma tête !.... Oui , le sort l'a voulu ,

Je serai sans emploi... Mais.... Espoir superflu !...

Si j'étais Marguiller , ou bien Garde champêtre,

Au moins dans quelqu'endroit je parlerais en maître....

Il me pleut des rivaux....

Je serai Cantonnier.... Moins encor. De mes maux

Cet affront est le pire.

Je ne veux plus solliciter.

Pourtant je veux faire un métier.....

Au fait, comme Macaire et Bertrand et Wormspire ,

En émettant des actions,

Je puis emporter des millions.

Je suis né pour la commandite ;

Des devanciers le grand succès m'invite.

Il fut adroit, eut du crédit,

Et, peu de temps après, à l'étranger s'enfuit.

FABLIAU V.

~~~~

LE MOUCHARD ET LE CURIEUX.

A MM. LAGRANGE

ET MAHUL.

LE LOUP ET L'AGNEAU.
LA FONTAINE, LIV. I. FAB. VI.

LA raison du plus fort est toujours la meilleure ;

Au moyen d'un mouchard,

Sans effort et sans art,

Je le montrerai tout à l'heure.

Un curieux s'amusait

En face d'une devanture ;

Un mouchard vint à jeûn, qui cherchait aventure ;

Et que la faim en ces lieux attirait.

—Qui te rend si hardi de barrer mon passage ,

Dit cet animal plein de rage ?

Tu seras châtié de ta témérité.

—Sire , dit le curieux, que votre majesté

    Ne se mette pas en colère,

    Mais plutôt qu'elle considère

    Que je vas me désennuyant,

        En admirant

    Les beautés de la Capitale.

—Voyons, dit le mouchard poussé par la fringale ,

    Tes papiers ?—Les voilà.

    Tu viens ?—Du Puy.—Contre mon capitaine

    Lors de l'élection prochaine

    Ton père, dit-on , votera.

    —Mon père est mort, et...—La police

Ne peut pas se tromper : tu conspires , c'est sûr ;

Suis-moi. Lors le sergent l'empoigne et, d'un ton dur,

Le fait aller au pas.—Nomme-moi ton complice ;

C'est dans ton intérêt—Monsieur, je n'en ai pas.

—Nous le découvrirons, sans beaucoup d'embarras.

L'étranger fut coucher à sainte Pélagie.

On l'oublia trois mois.—L'affaire fut suivie ;

D'un ordre de non lieu le pouvoir accoucha.

Comme il était venu le curieux s'en alla,

Sans avoir vu la ville, et la bourse amaigrie.

FABLIAU VI.

~~~~~~

DIABLAUD, CLERC DE LA BASOCHE, PLAIDANT CONTRE MOLLET-POURRI, PROCUREUR, PAR-DEVANT MESSIRES CAOUTCHOUC, PRÉVÔT, GALE-AU-NEZ, VICE-PRÉVÔT, CASQUE-A-MÈCHE, ASSESSEUR, ET FLAMBERGE AVOCAT DU ROI.

A MES COLLÈGUES.

LE LOUP PLAIDANT CONTRE LE
RENARD, PAR-DEVANT LE SINGE.
LA FONTAINE, LIV. II. FAB. III.

CHEZ le conteur, que ce bon la Fontaine

A souvent imité,

Que j'ai plus haut cité,

De la justice parisienne

On peut lire cette fredaine :

Les Ecoliers de l'université

Avaient fait trève à la routine

Des *atqui*, des *ergò* : c'était un bruit damné ;

On fêtait sainte Catherine.

Le *Pré-aux-clercs*, garni de Bohémiens,

D'astrologues, de comédiens,

Offrait de séduisans spectacles.

C'était le temps de ce Quasimodo

Qu'éleva Claudius Frollo.

La chèvre aux pieds dorés de la cour des miracles,

Déclinait le nom de Phœbus ;

Gringoire faisait son *rebus* ;

Puis la Esméralda gentille, je l'avoue,

Grâce à Victor Hugo, régalait de sa moue.

L'on entendait dans le lointain

Les sons joyeux du tambourin.

Dans la foule, Diablaud, enfant de la basoche,

Connaît un-procureur ; c'etait Mollet-Pourri.

Aussitôt il approche,

Et lui siffle tout net : « Qui donc vous a pétri,

« Messire ? Du palais vous êtes l'épouvante

« Et le cauchemar du plaideur ;

« Par respect pour le point d'honneur

« De messire, je dois cacher ce que l'on chante. »

—Parleras-tu, pendard ? — Et la raison ?

— Je le veux — Le public vous appelle frippon.

— Misérable ! Et tu viens me tenir ce langage
Devant un peuple entier ! je ne puis de ma rage
Retenir les transports. Je cours au chatelet;
Tu te repentiras de cet affreux méfait.

       La prison, la potence
D'un calomniateur sauront purger la France.
Le Roi, notre bon sire, oublia mes erreurs,
Me sourit en passant, me promit ses faveurs.

       Oses-tu bien canaille,
Dire la vérité ?. Va-t-en faire ripaille
Avec mes premiers chefs, les ignobles truands
       Qu'aujourd'hui je repousse.
Je sais que mes exploits ont créé des mendians :
Les orphelins ruinés ont été mes cliens.

    C'est un malheur... *Va, comme je te pousse,*
C'est ma morale à moi. » Diablaud avait raison.
Mollet-Pourri partout passait pour un frippon.
Il paya des témoins; on écouta sa plainte,
Et contre le coupable on décerna contrainte.
       Voici ce qu'il advint :
Diablaud, sans s'émouvoir, parut devant la chambre.
C'était la matinée, et le trente novembre
Quinze cent quarante-un. Lors le Prévôt lui tint
       A peu près ce langage :

« Diablaud, avez-vous dit qu'on appelait frippon

« Susdit Mollet-Pourri? » — C'est un fait, et je gage

Qu'au fond de votre cœur vous me donnez raison.

« Silence! dit Flamberge ; il faut de la prison

« A ce jeune insolent qui prétend qu'à la foule

« On doit montrer un voleur en passant,

« Même lorsqu'à la main il tient encor l'argent,

« Et qu'à travers ses doigts plus d'une piéce coule.

Messire Caoutchouc, ses voisins Gale-au-nez

Et Casque-à-mèche assez long-temps délibérèrent,

 Et d'un arrêt à la fin accouchèrent.

  Aux curieux étonnés

  Il fut lu dans ces termes :

« Attendu que la loi doit étouffer les germes

  « De tout parler sans fiction ;

  « Surtout protéger le frippon

  « Au roi fidèle, habile en somme,

« Ordonnons que Diablaud vingt jours sera puni

« Dedans le Chatelet et comptera la somme

« De cent sous parisis. Plus à Mollet-Pourri

  « *Lettres patentes d'honnéte homme,*

   « *De par la Majesté*

 « *Du Roi notre puissant sire, avons octroyé.* »

FABLIAU VII.

LES OPINIONS DE REMONTE.

wwww

AUX ARLEQUINS POLITIQUES.

LA CHAUVE-SOURIS ET LES DEUX BELETTES.
LA FONTAINE, LIV. II. FABLE V.

AINSI que les cavaleries
Réforment tous les vieux chevaux,
Et se remontent de nouveaux ;
De même l'arlequin, goujat des Tuileries,
A chaque cabinet prodigue son encens,
Et son opinion se remonte à tous vents.

La *clique*, certain jour, donna tête baissée
Dans certain ministère, et, sitôt qu'elle y fut,
L'autre, se démenant sur sa chaise dorée,
L'écouta, la lorgna, puis enfin la connut.

* *

—Quoi, vous osez, dit-il, à mes yeux vous produire,

Après que votre race a taché de me nuire !

Engeance de ventrus ! parlez sans fiction....

Oui, vous l'êtes, ou bien je ne suis qu'une bête.

    Pardonnez-moi, dit la pauvrette,

    Ce n'est pas ma profession.

Moi ventrue ! Un méchant a dit cette sornette.

Nos pareils des ventrus se moquent sans façon.

    La raison plaît et semble bonne ;

    Elle fait si bien qu'on lui donne

    Certificat de loyauté

    Et d'amour de la liberté.

Au bout de quelques jours, la sage coterie

Bonnetait le pouvoir Guizot et compagnie.

Le citoyen de Gand et l'antique fourreau

Firent un peu la moue à cet étrange oiseau,

    Venant peupler leur cage.

On lui dit : — Patriote, on ne vous connaît pas.

La clique protesta qu'on lui faisait outrage.

—Moi pour telle passer ! Vous n'y regardez pas.

Que fait le patriote ? Il aime sa patrie,

Et venge son honneur. Moi, messieurs, connais pas ;

D'ailleurs je m'en bats l'œil—Adroite repartie !

Lui répliqua Guizot : vous êtes notre amie.

FABLIAU VIII.

LES TORTS PARTAGÉS.

ᘯᘯᘯᘯᘯᘯ

SCÈNES D'INTÉRIEUR.

A UNE FOULE DE MÉNAGES.

LE CHAT, LA BELETTE ET LE PETIT LAPIN.
LA FONTAINE, LIV. VII. FAB. XVI.

DANS les salons de *Tripotin*
 Traîne-cravache, un beau matin,
Se faufila ; je comprends l'équipée :
Le maître étant absent, ce lui fut chose aisée.
Il en compta, dit-on, à la dame en un jour,
Tandis que Tripotin s'oubliait à son tour,
 Dans un taudis du voisinage,
 Chez des Vénus de bas étage.

Après avoir usé tous les plaisirs d'amour,
Tripotin regagna le conjugal séjour.
L'étranger avait mis le nez à la fenêtre.
De par tous les maris ! Que vois-je ici paraître,
Dit l'animal chassé du marital logis ?

Holà ! Monsieur Traîne-cravache,
Que l'on déloge, ou je me fâche,
Et je vais requérir les mouchards du pays.
Plus tard, moitié jeune et frivole,
Je t'apprendrai, si, pour un drôle,
Tu dois oublier ton époux.
Foi de mari ! je suis jaloux.
Et le galant riait de la surprise.
—J'en suis fâché, voisin, la place est prise ;
Le bonheur est au premier occupant.
En cas de guerre,
L'usage veut, sur notre terre,
Que le mari cède à l'amant.
Soyez plus sage ;
Prenez votre parti, redoutez un orage.
Car au fait, quelle loi
De la femme au mari fit pour toujours octroi ?
Désespoir ! reprit l'autre.

Du sang!—Quand vous voudrez.—A l'instant.—Je suis prêt
— Gamin ! j'aurai ta peau. —Défendez bien la vôtre.
—Arrêtez, dit *Hélène*, et d'un pareil forfait
N'allez pas vous souiller. Sans tarder d'avantage,
Consultez, mes amis, quelqu'un du voisinage ;
Il vous mettra d'accord. — Soit, répond Tripotin ;
    Mais il faudrait que le voisin
       Fût heureux en ménage,
    Surtout que la femme fût sage.
Sans cela point d'arbitre.—Eh bien ! prenons *Toquet*,
    Dit en riant le freluquet.
C'était un vieux rentier, vivant comme un hermite,
Dont la femme, dit-on, faisait la chatte-mite,
    Mais bon, bien coiffé, gros et gras,
    Arbitre expert, avant tout, dans ce cas.
    Tripotin pour juge l'agrée.
De ses nombreux malheurs, l'histoire est racontée ;
    L'autre réplique et se défend.
    Le juge écoute, observe, attend,
    Et se conduit en bon apôtre ;
Car il les met d'accord, en grondant l'un et l'autre.
    Il dit au séducteur :
    —Vous avez tort, Traîne-cravache,

De troubler le bonheur

De Tripotin ; avec droit il se fâche.

Puis, tout bas, à l'oreille, il dit à Tripotin :

—Je *le* suis comme vous, et me tais. Mon chagrin

N'est connu que de moi. L'on rirait bien en ville,

Si je parlais des maux dont m'accable *Camille*.

Ne dites rien ; souffrez tout bas ;

Ayez soin de laver votre linge en famille.

Avant tout, renoncez aux amours de courtille.

Eh ! vous avez des torts que certes je n'ai pas ;

Pourtant vous le voyez....

TRIPOTIN, à sa femme qui écoute :

Que faites-vous, Hélène ?

HÉLÈNE.

J'écoute la leçon que te donne à grand'peine

Notre aimable voisin.

TRIPOTIN

Tu dois en profiter.

HÉLÈNE.

Soit ! Monsieur Tripotin.

FABLIAU IX.

TRENTE POUR CENT.

wwww

AUX PRÊTEURS A LA PETITE SEMAINE.

LA CIGALE ET LA FOURMI.
LA FONTAINE, LIV. I, FAB. I.

Jean Moutonnet avait sué
Tout l'été,
Et pourtant sa bourse était dépourvue,
Quand la bise fut venue :
Pas un seul petit morceau
De pain dans son ménage,
Et pas un liard vaillant à son usage !
La faim met sa femme au tombeau :
Le chagrin brise son courage ;
Car il voit son petit enfant

Tendre la main en sanglottant.

Il va crier famine ,

Chez la marchande , sa voisine,

D'autres disent chez un rentier ,

D'autres enfin chez un ouvrier.

Le pauvre homme n'a que ses larmes

Pour armes ,

Et demendant de lui prêter

Quelqu'argent, pour subsister

Jusqu'à la saison nouvelle ,

Lui-même accablé chancelle,

—A la sueur de son front

Intérêts et capitaux rentreront.—

Notre ville est trop prêteuse ;

C'est là son plus grand défaut.

« Alors j'attendrai le temps chaud :

« Or la démarche est pour moi peu chanceuse , »

Dit le prêteur ; « il faut que l'intérêt

« Sur le prêt,

« Avant tout, se prélève. »

—Mais, ce sera ?—Trente pour cent,

—Misérable ! ce coup m'achève ;

Et l'emprunteur tombe expirant,

FABLIAU X.

〜〜〜

A PROPOS DE DUEL.

LES DEUX CHÈVRES.
LA FONTAINE, LIV. XII. FAB. IV.

CECI n'est pas une malice
A l'encontre des jeunes gens ;
C'est un narré , sans artifice ,
Des faits de maints étudians.
Depuis le long réquisitoire
Du fameux avocat Dupin,
Des lois on perd la mémoire ;
On se bat toujours pour un rien.
Le duel devient ridicule ,
Puisqu'on l'invoque au moindre cas.

Aussi je prétends, sans scrupule,

Qu'un vrai brave ne se bat pas,

A propos d'une pasquinade,

D'un trait d'esprit, souvent très-fade.

Sitôt qu'un moutard a goûté

Le philtre du savoir, espoir et liberté

Lui font chercher fortune ; il s'adonne aux voyages,

Et cherche les rivages

Les plus fréquentés des humains.

Là, s'il est quelques lieux, où vont tous les chemins,

Taudis faits au plaisir, bordés de précipices,

C'est où le monsieur va promener ses caprices ;

Rien ne peut arrêter l'éveillé débutant.

Deux moutards donc s'émancipant ,

Tous deux ayant la bourse pleine,

Quittèrent leur pays , de montagne ou de plaine,

Peu touchés des adieux

De leurs parens tendres et soucieux.

Un café se rencontre, où chacun se faufile ;

La tasse , puis la bière et le punch à la file,

Le cigare et que sais-je ; enfin ils sont amis,

Amis comme . . . . . . L'un deux, moins entrepris ,

Voulut aller plus loin ; vous devinez le reste.

L'autre enfin l'imita. Les voilà citadins,

Dans la force du mot, et fieffés vauriens.

Un jour que maint propos plaisant, mais un peu leste,

Egayait les amis, Arthur, gaillard luron,

Se gaussait de Louis et riait du tendron

Que l'enfant avait pris certain jour de courtille,

Et qui seul consumait la pension de famille;

Créature de boue et digne du mépris

    Du plus grand libertin. Louis

Prétend qu'on l'a blessé devers l'endroit sensible.

Tout doux! lui dit Arthur; ta colère est risible.

    —Tu m'en rendras raison;

    Hommage à mon idole,

    Ou bien tu n'es qu'un drôle.

—Tiens! Louis qui se fâche! Au fait, c'est ma façon

    De parler sur ta belle;

    Penses-tu que pour ses beaux yeux

    Arthur consente à jouer sa cervelle?

Me prends-tu pour un fou? —Tes propos ennuyeux

    Agacent ma colère,

    Et tu vas, je l'espère.....

-Moi!..pas si bête.-Lâche!-Ah!-Lâche!-Non, vraiment,

Et pour preuve, le lieu?-De ton choix.-Le tournant

De la rue aux fossés. Ton arme? Enfin ton heure?

—Mon poignard. A l'instant.—Allons.—A la bonne heure.

Halte-là ! petits sots, leur dit, venant soudain,

Un voisin,

Qui d'aventure, entendant la querelle,

Voulut s'interposer, et, les grippant tous deux,

Les conduisit au poste, où Louis furieux

Finit par maudire sa belle.

Ils furent écroués en certaine prison,

Où, pour leur rendre la raison

On dit : « dans ce dictionnaire

« Vous trouverez la définition

« Du mot *honneur* qui vous faisait méfaire. »

FABLIAU XI.

A PROPOS DE PRESSE.

wwww

AU PROCUREUR DU ROI.

> LE LOUP ET LE CHIEN.
> LA FONTAINE , LIV. I. FAB. V.

JE connais certain magistrat ,

(Son nom, on le déclinera)

Qui me poursuit de sa colère ;

Il fait plus , dit-on , il espère

Epouvanter mon imprimeur,

Et l'empêcher de reproduire

Les pensers d'un esprit moqueur,

Dont le devoir est de médire.

Il lui parle de son pouvoir,

Lui dit : « Vous avez tout à craindre ;

« Obéissez à mon vouloir,

« Si non je pourrais vous contraindre ;

« *Vous savez que le receleur*

« *Est aussi gueux que le voleur.*

« Ainsi donc fermez votre presse. »

Monsieur le magistrat *Grippon,*

Je reconnais votre sagesse,

Et ce n'est pas sans rime, ni raison,

Que mon œuvre est à votre adresse.

Bonsens ne pouvait dire mot :

Crampon faisait si bonne garde.

Au grenier du bon sens de *Saint-Mégrin* le sot

Un jour le montra par mégarde.

Le renvoyer, lui rire au nez,

Le Bonsens l'eût fait volontiers ;

Mais il fallait livrer bataille,

Et Saint-Mégrin était de taille

A lui mettre une balle au flanc.

Le Bonsens l'aborde humblement,

Entre en propos et lui fait compliment

Sur son habit fin qu'il admire.

Il ne tiendra qu'à vous , beau sire ,

D'être aussi bien nippé que moi , dit Saint-Mégrin ;

Quittez ces lieux vous ferez bien ;

Vos pareils y sont misérables ,

Cancres , hères , pauvres diables ,

Dont la condition est de mourir de faim ,

Car , quoi ! Rien d'assuré , point de franche lippée ,

Tout à la pointe de l'épée.

Suivez-moi , vous aurez un bien meilleur destin.

– Bonsens reprit : oui , mais que me faudra-t-il faire?

—Moins que rien ; caresser les nombreux ennemis

Qui menacent notre pays ;

Adorer les ventrus , aux ministres complaire ;

Moyennant   quoi, votre salaire

Sera nombreux emplois de toutes les façons ,

Et voire décorations ,

Sans parler de mainte caresse.

Bonsens déjà se forge une félicité

Qui le fait pleurer de tendresse.

Chemin faisant encor tout étonné ,

Il surprend Saint-Mégrin lorgnant avec jactance

Un porte-feuille épais. Qu'est ceci , dit Bonsens ?

-Rien.-Comment rien!-Des bons pour quelques mille francs,

Sur les fonds que la France

Met de côté pour ses amis.

Car je suis *Fonds-secrétivore*,

Mes écrits qu'on adore

M'ont fait le plus brillant de nos plus beaux dandys;

Je leur dois équipage,

Hôtel et cœur volage

De plus d'une beauté.

—Excellent reprit l'autre.-—Et..... ça vous a coûté?

—Peu de chose.

—Mais encore ?—Le rôle humiliant

De gagiste soutien d'un trône chancelant,

De ce que je vous narre est peut être la cause.

—Gagiste ! dit Bonsens, vous ne dites donc pas

Tout ce que vous pensez!—Oh! jamais; et qu'importe!

—Il importe si bien , que de tous vos éclats

Je ne veux en aucune sorte ,

Et ne voudrais pas même à ce prix un trésor.

Cela dit, le bon sens s'enfuit et court encor.

———

FABLIAU XII.

〰〰

COMMENT LES ROIS BATTENT MONNAIE.

AUX CONTRIBUABLES.

CONSEIL TENU PAR LES RATS.
LA FONTAINE, LIV. II, FAB. II.

Un Roi, nommé *Gobe-quibus*,
Faisait d'écus telle déconfiture,
Que l'on n'en voyait presque plus,
Tant il en avait mis dedans la sépulture.
C'était au point que, pour sauver son dernier sou,
Aucun de ses sujets n'osait quitter son trou.
Chaque ville à la Capitale

Envoya son représentant ,

Qui dut pénétrer le dédale ,

Et voir l'emploi de tant d'argent.

Tous ces représentans réunis en leur salle,

Croyant le maître encor fort loin ,

Voire occupé dans sa cuisine,

Tinrent tout bas leur chapitre en un coin,

Pour fabriquer une tartine ,

Un peu plus dure à digérer ,

Que celles jusqu'alors à l'adresse du sire.

On voulait tout lui refuser.

» Le peuple a , disait-on , tout au plus de quoi frire;

« Nous avons chacun le mandat

« De détruire le péculat.

« Faisons notre devoir, sans tarder davantage.... »

Gobe-quibus paraît et leur tient ce langage :

» Il me faut des milliards pour la paix à tout prix ,

« Pour doter mes enfans , pour payer ma police ;

« Je parle clairement , m'avez-vous bien compris ?

« Des sujets à leur roi doivent ce sacrifice. »

LES REPRÉSENTANS.

Mais , Sire , c'en est trop ?

LE ROI.

Je vois bien , du gâteau

Vous voulez votre part ; mais.... C'est juste.... Au château
Tous les récalcitrans viendront manger la soupe ;
C'est entendu ; j'y compte ; de ma coupe,
Ce soir,
Le nectar coulera dans vos nobles poitrines.
Vous voir
Savourer les produits des royales cuisines,
Sera pour notre royal cœur
Un grand plaisir, un doux bonheur.

UN REPRÉSENTANT.

Pourtant, sire, j'aurais malgré moi des scrupules,
Si j'allais trahir mes....

LE ROI.

Bah! Pensers ridicules!
Rassurez-vous, Représentant; vous êtes Receveur....

LE REPRÉSENTANT.

Je vote le Budget.

UN AUTRE.

Mais enfin, notre honneur,
Qu'en avez-vous donc fait! C'est au nom de ma troupe
Que je vous parle ; entendez-vous, Seigneur?

LE ROI.

Notre honneur! mon ami, depuis long-temps j'y *coupe*.

Allons, n'en parlez plus : je vous nomme Préfet ,
Si vous me votez mon Budget.

UN REPRÉSENTANT.

Sire je suis mari , de mon fils je suis père :
Un bureau de. . . . . . n'importe à ma chaste moitié ;
Une ambassade à mon aîné ;
Nous aurons chacun notre affaire
Et je voterai le Budget.

UN AUTRE.

Sire, je suis rompu , mes forces sont usées ;
Je vous servis toujours en bon sujet.
On dit que vous aimez à faire des fournées ,
Pour tenir au complet
La Chambre souveraine ,
Pétrissez-moi dans la prochaine,
Et je voterai le Budget. . . . . .

ON EN VOTA , DIT-ON , PLUS QU'EN REQUIT LE SIRE.

Quand des représentans je songeais à médire ,
Je voulais déguiser ma voix ;
A quoi bon ? Le discours était d'un heureux choix ;
Et d'ailleurs , en dépit de la correctionnelle ,
D'une chambre voyant les honteux péculats ,
On peut crier , sans casser son écuelle :
Bien des représentans sont de vils apostats.

FABLIAU XIII.

wwwww

LE DÉSINTÉRESSEMENT DES CONSERVATEURS.

LA BESACE.
LA FONTAINE, LIV. I. FAB. VI.

GRAPPINO dit un jour : « Que quiconque m'admire
« S'en vienne comparaître aux pieds de ma grandeur ;
« Si dans son lot quelqu'un trouve à redire,
« Il peut le déclarer sans peur,
« Je doublerai la dose.
« Beau *Gambillon*, parlez le premier, et pour cause,
« Voyez tous vos amis, faites comparaison
« De leurs emplois avec les vôtres.
« Etes-vous satisfait ?—Moi, dit-il, certes non ; »
« Je pourrais commander aussi bien que les autres
« Mon honneur jusqu'ici ne m'a rien reproché
« Quand au voisin *Ballot* il est bien partagé. »
« J'y pensais, dit le roi : mais votre main est faite
« Aux exploits des Normands ; et l'intérêt commun,

« La morale, avant tout, doit être satisfaite :

      « Vous êtes importun.

» Que diable ! Lorsqu'on fait des tours comme les vôtres,

« On songe à la potence, et l'on se tient tout coi.

« Heureusement pour vous, le procureur du roi

      « Et puis tous les apôtres

« Que mon gouvernement entretient à Bender,

« Ont glissé là-dessus ; sans cela, de l'enfer

« Vous eussiez éprouvé les maux dès cette vie.

« Un mouchard haut placé m'offrait en garantie

« Votre amour de l'argent ; j'en conviens, la raison

« Me frappa tout d'abord : mais au fait un frippon... »

   —Sire, je suis de votre jeune trône

      Un zélé défenseur,

      Et de votre couronne

      Enragé protecteur.

—Alors, c'est différent ; d'ailleurs vous savez feindre.

    Eh bien ! n'en parlons plus,

Sous peu je vous promets des emplois plus cossus.

Ballot vint tout-à-coup, et ce fut pour se plaindre ;

      Il se loua très-fort ;

      Dit qu'on devait encor

Doubler son picotin, allonger ses oreilles.

Et trouva *Rechigné* de places surchargé ,
Se disant trop long-temps du ministre oublié.
Bref, sur son bel esprit il chanta des merveilles.
      « Assez , monsieur Ballot :
      « Je vous croyais un peu moins sot ,
      Lui dit Grappino qui l'admire :
      « Beau sire ,
« Votre nouvel emploi n'est pas encore trouvé. »
      Rechigné fut donc écouté.
En grognant il compta ses nombreux sacrifices ,
Et traça le tableau de ses rares services.
      Il jugea qu'à son appétit
Du baron *Goguelut* la charge était trop grosse.
Goguelut de *Bric-brac* rapétissa l'esprit ,
      Se posant lui-même en colosse.
Bric-Brac en fureur fit la moue au pouvoir ;
Il dit en blasphémant : « Je fais bien mon devoir ,
      « Et veux quelqu'autre place. »
Cornuau s'inclina , fit plus d'une grimace ,
Tendit cent fois la main , et proclama bien haut
Son droit incontestable à maint emploi nouveau.
Grappino fatigué leur fit mille promesses ;
      Il les combla de ses caresses ;
Enfin les renvoya d'espoir accablés tous.

Mais parmi les plus fous
Sieur *Clopin* excellait. Il ne pouvait se taire ;
—Je suis l'ami du roi. Dans quelque temps j'espère
Etre de mon parti
Le soutien, et, comme on me craint ici,
Me faire craindre au ministère.
A quoi bon la vertu ? J'en suis débarrassé.
Son oubli m'a donné des moyens de fortune ;
Je ferai mon chemin. Il faut être pressé
De saisir au collet une chance opportune :
Mes bons concitoyens nommez-moi Député.

FABLIAU XIV.

ᔕᔕᔕᔕ

LE PAYSAN DU VELAY.

A MES AVOCATS.

LE PAYSAN DU DANUBE.
LA FONTAINE, LIV. XI. FAB. VIII.

LORSQU'ON a du bon sens,
On n'aime pas juger des gens sur l'apparence.
Mes efforts en ce jour seront-ils impuissans
  Pour établir ce que j'avance ?
  J'ai pour le fonder à présent
  Le discours de certain paysan
Des rives de la Loire. Ecoutez, j'en appelle
A vos frais souvenirs ; mon histoire est fidèle.
   Voici
Le personnage en raccourci :

Il est d'un peu basse origine ,

Comme tous les manans , (j'emprunte le parler

De l'aristocratie) et fort peu se chagrine

De ce revers commun à tout homme étranger

Aux bassesses des cours , aux intrigues de ville ,

A l'amour du pouvoir , à l'ambition vile.

     D'anéantir sous son crédit

Le pauvre vertueux et l'ouvrier maudit.

Notre héros pourtant a dépouillé la bure.

Dans les salons des grands il a porté ses pas ,

     Et connaît plus d'une aventure

     De nos beaux faiseurs d'embarras.

     Son œil bleu , son malin sourire ,

     Ses longs cheveux , son nez tordu ,

     Sa plume acerbe , (il sait écrire)

     Son air content , par fois bourru ,

     Son goût pour la simple nature ,

     Sa franchise , sa loyauté ,

     Son amour de la liberté

L'ont fait le cauchemar de plus d'une âme impure

     Qui désole notre cité ;

     Sa défense est dans le suffrage

De tout homme de bien . Sans tarder d'avantage ,

     Ecoutons le parler ;

Il dit tout hardiment et ne sait rien cacher.

Son discours est pour la canaille
Vêtue à la française, aimée du pouvoir,
Et son plus vil goujat du matin jusqu'au soir.

A mon triste pays n'adviendra rien qui vaille :
Depuis onze ans la France a reconquis ses droits ;
Au peuple enthousiaste on a promis des lois,
La franche liberté, la véritable Charte.
Hélas ! on est surpris en lisant la pancarte
Des faits législatifs... de monstrueux Budgets
Sont votés tous les ans.... On voit pâlir la chambre
Dans les questions d'honneur. Depuis le neuf septembre
La liberté d'écrire, acquise à tout Français,
N'est plus qu'un vain fantôme. Cependant bien des villes
Des provinces du nord, du milieu, du midi
Ont leur part du gâteau : nous voyons des familles
Grandir et s'élever. Mais notre pauvre Puy,
Notre département dans la géographie
Comptent comme un point noir. Un sceau de barbarie
De par certain savant les marque à tout jamais,
Et l'on ne pense à nous qu'en votant les Budgets.
En voici la raison : une guerre civile
Désole la campagne et désole la ville :
La rage du pouvoir travaille les esprits ;
Les plus ambitieux sont les plus accomplis.

Nous sommes ballotés par un lâche égoïsme ;
Les monstrueux complots, le machiavélisme
Etouffent tout penser franc, noble, généreux.
Les plus entreprenans et les plus vicieux
Sont les mieux partagés. On gueuse des suffrages
En se disant l'ami des ministres du roi ;
Et pourtant, dans le fond, l'on n'a ni foi, ni loi.
Victimes de juillet, vainement vos courages
Ont brisé nos liens ; nous ne fûmes jamais
Plus bassement trahis, de maux plus accablés.
O terre du Velay, lèveras-tu la tête ?
Les simples montagnards, battus par la tempête
De la cupidité de quelques intriguans,
Rendront-ils à la fin leurs efforts impuissans ?
Voudront-ils hardiment rompre d'indignes chaînes,
Revendiquer leurs droits, poursuivre de leurs haines
Une engeance coupable et vendue au malheur
D'une aveugle cité ? Hélas ! Non, ils ont peur ;
Mieux vaut long-temps encor gémir dans la poussière ;
Baisser honteusement nos regards vers la terre ;
Obéir en tremblant aux ordres souverains
De ceux dont le bien être est sorti de nos mains.
Courage montagnards ! allons, courbez la tête ;
Non, non ! La liberté pour vous n'était pas faite.....

FABLIAU XV.

~~~~~~

PHYSIOLOGIE D'UN DÉLIBÉRÉ

SUPPLÉMENT AU FABLIAU VI.

En compulsant le manuscrit
Du conteur que plus haut je cite,
J'ai découvert sur des chiffons écrit
C'ertain procès verbal qui, je pense, mérite
D'être soumis à mes lecteurs
Instruits et connaissant de Diablaud les malheurs
Je fais grâce du préambule,
De tout le fatras ridicule
Que tout greffier
Conserve et sait historier.

CASQUE-A-MÈCHE.

Je suis tout hors de moi. J'en jure par les grâces

Du tendron qui me ruine, et, bravant maint dépit,
Me sert mon lait de poule et mon bonnet de nuit,
Diablaud sera puni pour les mille grimaces
 Qu'il m'a faites sur le Pont-neuf,
Et pour autres griefs que je crois devoir taire.

GALE-AU-NEZ.

A l'œuvre, messeigneurs! cent Coups de *nerf de bœuf*
Sur ce dos libertin, lui feront son affaire;
Cent livres parisis; dix mois au Chatelet;
 Un baillon dans la bouche;....

CAOUTCHOUC.

Tout doux! mes bons amis; j'ai bien quelque méfait
A punir dans Diablaud; mais son malheur me touche.
C'est mal de se venger, les magistrats surtout;
 Un peu plus d'indulgence;
 La justice avant tout.
Une rigueur brutale agace la vengeance;
 Le prevenu se fâchera,
 Et plus tard nous taquinera.
Au fait, Mollet-pourri n'est pas blanc comme neige,
Des hommes moins flétris ont paru sur le siége,
Où l'on voit tous les jours l'espoir de Montfaucon.

GALE-AU-NEZ.

Faiblesse ! Monseigneur ; il faut à la raison
Mettre ce petit sot.... C'est une œuvre facile
Et de haute morale.... On punit un frippon
Lorsqu'il est maladroit ; mais lorsqu'il est habile ,
On doit le protéger. Et la loi va plus loin ;

    Lorsqu'un voleur de grand chemin
      De village ou de ville
    Est surpris en flagrant délit ,
        Elle punit
    L'imprudent qui prend la parole ,
      En criant au voleur.

CASQUE-A-MÈCHE.

    Ce Diablaud , c'est un drôle....
Je n'ai rien oublié , je sais encor par cœur
    Le nom de la moindre tartine ,
    Du moindre plat que la cuisine
De Jean Mollet-pourri nous a fait pour ce soir ;
    C'est un souper de prince :
Mets exquis et vins fins de toute la province.
             (*Il se frotte les mains*).
Vengeons Mollet-pourri, c'est pour nous un devoir....
Quoiqu'un peu vieux je fais manœuvrer la machoire
    Assez facilement.

Pour boire

Mes lèvres sont au fait, mon gosier excellent ;

Je déguste assez bien le Bordeaux, le Bourgogne :

Messire Galle-au-nez, vous avez une trogne

    A me donner raison......

Faut gagner le souper, qu'en dis-tu , mon garçon ?
(Il lui tape sur l'épaule).

GALE-AU-NEZ.

Par ma gale, messire, il est sur notre terre

Peu de gens comme toi. Que l'on soit donc sévère.

Contre Diablaud; il faut encor des parisis ,

Pour payer le souper.

CAOUTCHOUC.

    De grâce, mes amis ;

    C'est un langage indigne.

CASQUE-A-MÈCHE.

    Monseigneur, la consigne

Avant tout. Appeler Mollet-pourri frippon,

Quoique chacun de nous ait cette idée au fond ,

Est un crime prévu par maintes lois romaines....

Le coupable sera d'abord chargé de chaînes ;

Les Pandectes l'on dit. Certes, le bon vouloir

D'un juge doit fléchir : Les lois sont souveraines ,

    Et puis, ce soir

    On nous ménage une ripaille.

Vous en serez....Voyons, matons cette canaille,
Au risque de l'être......

GALE-AU NEZ.

Oui, c'est mon intime avis.

CAOUTCHOUC.

Je renonce au souper. Comme moi, mes amis,
Soyez sans passion ; la justice est sévère,
Mais juste.

GALE-AU-NEZ et CASQUE-A-MÈCHE.

Le souper c'est le nœud de l'affaire.

15

www.ingramcontent.com/pod-product-compliance
Lightning Source LLC
Chambersburg PA
CBHW061653180626
46818CB00003B/1077